서문시장 돼지고기 선술집

사십편시선 002

서문시장 돼지고기 선술집
배창환 시집

2012년 7월 9일 제1판 제1쇄 발행
2018년 4월 30일 제1판 제3쇄 발행

지은이 배창환
펴낸이 강봉구

펴낸곳 작은숲출판사
등록번호 제406-2013-000081호
주소 10880 경기도 파주시 신촌로 21-30(신촌동)
전화 070-4067-8560
팩스 0505-499-8560
홈페이지 http://littlef2010.blog.me
이메일 littlef2010@daum.net

ISBN 978-89-97581-04-7 03810
값은 뒤표지에 있습니다.

ㅅㅅ
사십편시선
002

서문시장 돼지고기 선술집

배창환 시선집

| 자서 |

다섯 권의 시집과, 이후에 쓴 시들 중에서 40편을 골라 묶는다.

첫 시집의 설렘은 아니어도, 그동안 걸어온 거친 길들이 햇살 비껴드는 아침 숲에서 한 곳에 모인 듯 새롭다.

시는 오래도록 내게 지팡이였고, 언덕이었다.
시가 없었으면 내 삶은 회한 덩어리였을 것이다.
감사하다.

아름다운 시를 쓰고 싶은데
길은 아직도 멀다.

2012년 6월에
배창환 삼가

차례

● 자서 · 05
● 차례 · 06

제1부 볍씨 한 알

2007-2011

볍씨 한 알 10
그 겨울 선창 풍경 12
낯선 집 15
땅버들 19
둑방길 22
어떤 유모차의 기억 24

제2부 겨울 가야산

2001-2006

시인의 비명碑銘 28

겨울 가야산 29

얼굴 30

좋은 사람들 32

시론詩論 34

내 생애의 별들 35

우리 집에 가자 37

눈 오는 날의 벽진중학교 39

아버지의 추억 41

봉숭아 피고 지는 44

꽃 46

제3부 서문시장 돼지고기 선술집

1999-2000

수업기 50

서문시장 돼지고기 선술집 53

흔들림에 대한 아주 작은 생각 56

꽃에 대하여 58

저녁 산책 60

어떤 일대기 65

제 4 부 아직도 우리에게는

1989-1998

내가 두고 떠나온 아이들에게 70
내 꿈은 72
산을 오르며 74
아름다움에 대하여 76
내 시詩 78
아직도 우리에게는 80
다시, 처음으로 83

제 5 부 다시 사랑하는 제자에게

1981-1988

수업 88
오리걸음 90
다시 사랑하는 제자에게 1 94
다시 사랑하는 제자에게 4 97
각서 쓴 날 99
문밖에서 101
꽃도 십자가도 없는 죽음 102
옛집을 지나며 104
코스모스 109
화분 111

● 발문 이하석(시인) 114

제 1 부

2007-2011

볍씨 한 알

볍씨 한 알

평생 아날로그 때를 벗지 못하다 컴맹에서 막 탈출한 터라, 휴대폰으론 문자나 겨우 주고받아, 줄 갈아 끼울 줄도 모르고 그냥 달고 다녔는데, 어느 날 후배 여선생님이 대추리에서 거둔 마지막 씨앗이라며 새 줄을 달아 주어, 황송한 마음으로 받아들고 가만 보니, 작은 화분에 떡잎 두 개 단 식물의 꽃자리에 볍씨 한 알! 덩그렇게 얹혀 있었다.

땅에 떨어져 내년을 기약하든지, 가마니에 담겨 농민들의 겨울 양식이 되어야 할 볍씨가 휴대폰 줄 끝에 매달려 있으니 마냥 눈물겹기도 했다. 아마도 대추리 사람들은, 소나무가 죽음 앞에서 남은 힘 다하여 솔방울을 퍼뜨리듯, 고향 산천 어디에도 심어 놓을 데가 없는 대추리 볍씨를, 마지막으로 세상에다 흩뿌려 사람 농사라도 짓고 싶었을 지도 모르겠단 생각에 마음 구석이 저

려왔다

볍씨는 내 가슴에 고요히 실뿌리를 내렸다. 어딜 가든 모든 길은 대추리에 닿을 것 같았다. 이제 볍씨 없는 사람은 다시는 대추리에 들어갈 수 없을 것이다. 하지만 아직도 나는 누구에게도 이 씨앗을 나눠주지 못했고, 세상 어느 흙에도 다시 뿌려 거둬들이지 못했다.

대추리 사람들이 마을을 떠나던 날, 그날 나는 대추리, 가지 못했다

그 겨울 선창풍경

- 낮달이 있는

희끄무레한 구름 사이로 낮달이 하나, 떠 있었다
이중섭이 날마다 나와 안아보던 달, 물 건너 친정 보낸
일본인 아내가 되기도 하고 꿈에나 보던 아이들이 되기도 했을
그 선창의 허연 달이

하루에 두 번 끄떡끄떡 했다던 영도다리 아래, 바다쪽으로 살짝 비탈진 내리막길
자갈치 들머리, 50년대 국산영화 세트장 같은, 연안沿岸 골목길
축대 난간에 바람 부는 날의 쪽배처럼 나붓나붓 떠 있는 포장마차 머리 위로
취객들이 포장 들추고 나와 철철 쏟아낸 오줌 받아 안은 잔물결처럼
이지러진 낮달이 하나, 박혀 있었다

- 고맙습니다

앞치마에 손 닦으며 나와 돈 받던 주인 아낙이

둥근 허리를 깊이 구부렸다

두세 평, 바람막이 포장 안에 열두 명 시인들이 대낮부터 끼여 앉아

전쟁하듯 마셔댄 생막걸리에, 고봉으로 구워주던 고등어 꽁치 삼치 안주 값이 4만 원,

몇 발짝 돌아가면 즐비한 횟집, 회 한 접시 값도 못 되는 하루 노동을 순식간에 끝내 준 취객들을 따라 나오며

아낙은 몇 번이나 희미한 달빛 웃음을 던져주었다

자갈치, 자갈치 하면 그 시절 피난민들이 생선 사러 와서 밟던, 자갈이 자갈자갈 하는 소리 들리고

갈매기, 부산 갈매기들이 선창에 부려진 생선 낚아채 날아오르던 이미지로 가득했던 나의 풍경에

화덕 하나, 석쇠 하나, 잠시 쉴 틈에 아픈 허리 지지기도 할 전기장판 평상과

탁자 두 개에 딸린 앉은뱅이 의자 몇 개가 전부인 그 겨울 포장마차와

산처럼 느릿해서 좋았고, 한 걸음 뒤쪽에 물러선 바다처럼 도무지 움직임이 느껴지지 않는

중년 아낙의 둔중한 허리에 슬슬 감기던

생선 굽는 달콤한 연기 냄새와, 그 연기에 말없이 쓸리던 낮달 하나가 추가되었다

낯선 집

나 오래 전부터 꿈꾸었지 멀고도 가까운 훗날
내가 살고 있는 이 집 지나다 무작정 발길 잡아 들르는 날을
그때 이 집에는 아이들과 함께 자전거 타고 놀던 밝은 햇살과
그늘이 흐릿하게 새겨진 오래 된 이 목조 건물에는
낯선 사람들이 살고, 중년 안주인이 앞마당과 부엌을 방앗간 참새처럼 들락거리면서
수돗가에 앉아 방금 텃밭에서 뽑아온 배추를 씻고 파를 다듬고
둥근 기와지붕도 잡풀 성성한 앞마당도 백구 강아지도 뒤란의 물길도
이 집 지켜 온 감나무 가지도 청설모가 들락거리던 속이 텅텅 빈 호두나무도
우물 메운 자리 뿌리 내린 매실나무도 붉은 단풍도 어린 불두화도

어떤 것은 그대로이고 어떤 것은 몰라보게 자랐고 어떤 것은 사라져버린
생전 처음 보는, 아주 낯선 집처럼 서서 흐려가는 집

나는 모른 체 마당에 들어서서 옛날 영화에 나오는 선비처럼
이리 오너라, 큰 소리로 주인을 부르려다 말고
계십니까? 계세요? 안에 아무도 안 계십니까?
큰 소리로 불러, 지나가는 사람인데요, 목이 말라서 어쩌구 하면서
물 한 그릇 얻어 천천히 마시면서 눈은 재빨리 마루 안쪽
지붕을 지탱하는 아름드리 적송 대들보와 거기서 발 죽죽 벋은 서까래와
언젠가 손질하려다 결국 못하고 만, 석회가 떨어져 나가 둥글게 패인 자국과

남궁 산의 89년 작 '봄처녀' 판화 걸었던 못 자리와
내 책장 섰던 자리 꽂혔던 잡지와 낡은 서정시집들을
떠올려 보면서
이윽고 내가 물그릇을 다 비우고 빈 그릇을 돌려주면
주인 아주머닌
참 별 희한한 사람 다 있네, 남의 집 뭐 한다고 뚫어보
고 난린고, 고개 갸우뚱하며
미닫이 유리문을 스르르 쾅, 닫아버릴 때 내 가슴도 함께
닫혀버리는 짧은 순간 아찔해져 비틀거리다 겨우 중
심을 잡고
발길을 돌려 돌아가는…… 그런 순간을

그러면 나는 안녕,
나의 집이여, 고마운 햇살이여 그늘이여, 바람에 쌓
여 간 시간이여,

안녕, 지난날들에 무수히 고맙다고 아프다고 절하고 돌아서면서

변함없이 돋아난 마당의 잡풀마다 머리 쓰다듬어 주고 변함없이

푸르른 하늘, 동산 상수리나무 머리 위로 내려온 파란 하늘에 손을 적시면서

발걸음에 바위 추를 달고, 절대로 뒤돌아보지 않으려고 이를 악물면서

그래, 인생이란 이런 거야, 그럼, 이런 것이고말고

다시는 이곳에 돌아오지 않으리라, 다짐하고 다짐하며 돌아서는 집

그날을 꿈꾸면서, 그날이 오기를, 그날이 오지 않기를 기다리면서

나는 오늘도 그리운 그 옛집, 낯선 집에 산다

땅버들

1

언제나 일어서는 중이었다

무릎 수술하신 어머니 지팡이 짚고 땀을 한 바가지나 쏟은 다음 온몸 비틀어 가까스로 일어서듯, 한 걸음 두 걸음 섬벅섬벅 놓고 싶은 마음은 늘 한 걸음 앞에 놓이고, 몸은 마음 같지 않아 따라오지 못할 때, 지팡이를 한 발 앞에 짚어두고 첫 아이 걸음 떼시듯

성주읍내 성밖숲에는 땅버들 쉰아홉 어른이 산다. 수백 년을 용케도 자리 지켜 온 그 어른들도 가까이 가 보면 언제나 일어서는 중이시다. 늙고 쭈글쭈글한, 내장의 주름 같은 구멍으로 컴컴한 기침소리 빠져나온다. 쓰러지는 쪽으로 쇠지팡이 고아 근근이 중심을 얻지만 온몸 비틀며 일어서는 일그러진 힘이 진짜 버팀목이다. 저 몸

짓, 어디선가 본 적이 있다

성밖숲은 성 밖에 있다고 성밖숲이다. 땅버들 깊은 그늘에선 해마다 전국민족극한마당이 열리는데, 평생을 흙일로 뼈마디 근골이 휘어진 할아버지들이 주요 관객이다. 극의 절정에서 일어섰다 쓰러지고 일어섰다 쓰러지고…… 끝내 온몸 비틀며 다시 일어서는, 일그러진 얼굴들, 탈 속에 수천 년을 숨겨 내려온, 그 얼굴, 횃불 아래 가득하다

2

그 숲길에 눈 내리고
바람 깡깡 얼어붙은 대지의 지축이 울리는 소리
누가 허공에다 못을 박는 소리, 아니
드릴이 송판을 뚫고 들어가는 소리

나사못이, 나선형으로 온몸 비틀고 캄캄한 목질木質의
중심을 향해 들어가듯

땅 한 줌을 들치며 파란 하늘 한가운데로
온몸 비틀고 비틀어 밀어넣듯
새순 하나, 올라오고 있다

새끼 땅버들이었다

둑방길

- '꽃들에게 희망을'

진빨강 하양 연분홍
코스모스 몇 송이 예쁘게 피었습니다
코스모스 여린 허리를 거친 덩굴손이 잡아 감고
코스모스 가는 어깨를 며느리밑씻개가 휘어 감고
팔 저으며 꼭대기까지 타고 올라와
더 올라갈 데가 없어 허우적거립니다
소리, 소리 질러댑니다

- 속았어!
- 더 못 가겠어!
- 올라오지 마!

더는 올라갈 수가 없어야
절망에다 희망을 기대어 왔음을 아는 것
내려가는 길은 뛰어내리는 길밖에 없음을 아는 것

이미 늦었음을 아는 것

외치는 소리는 흐르는 개울물 소리가 너무 크고
허공이 너무 깊어 다 묻히고
바람에 날아가지만
아무도 받아 안을 손이 없어서
씨앗이 되지 못합니다
인근에는 나비도 벌도 한 마리 없습니다

너무 늦은 다음에야 깨닫는 일이
세상에는 참 많습니다

어떤 유모차의 기억

유모차 한 대, 물가 방죽에 섰다
나는 오래 된 저 유모차의 내력을 알 듯도 하다

10대 후반에 이곳 산골로 시집와서
시어머니 등쌀에 밥도 오며가며 주먹으로 집어먹으며
자정이 왜 생겼냐고 호롱불이 닳도록 일하고
허리 한 번 펼 새 없이 하루가 가고
이틀 사흘 열흘이 가고, 해가 바뀌면서
뱃속 아이가 땀띠 나도록 일하고, 아이 나자
흙밭둑 나무 그늘 아래 소쿠리에 풀어 두고 키웠는데
호랑이 시어머니 산으로 가고
아이가 커서 아이 낳자 허리가 굽었다

시어머니 무서워 자식 한번 안아 얼러보지 못한 죄
밑 아려

금지옥엽 손주는 유모차에 태워 들로 강가로
둥글고 환한 호박꽃에 아이 얼굴 비춰주고
비 오는 날 앞또랑에 올라오는 물고기의 길을 일러
주고
빨간 고추잠자리 잡아 노을에 시집 보내주기도 하며
방금 뽑은 무 이파리 아이 곁에 너풀너풀 싣고
덜컹거리는 자갈길 춤추며 돌아오던 그 유모차

아이가 유모차에서 뛰어내려 세발자전거 탈 무렵
이 악물고 버티어 온 그녀의 관절이 무너졌다
더 이상 아무것도 실을 수 없는 유모차,
움직이는 바퀴가 기둥 되어, 텅 빈 힘으로 땅을 굴러
비틀거리는 할머니를 당당히 이끌고 다니던 그 유모차

하얀 조팝꽃 지고, 온 방죽이 하얀 개망초꽃 지천이던

6월 어느 날, 그 집 앞 감나무 그늘에
보일 듯 보일 듯 호박꽃 같은 조등弔燈이 걸리고
며칠 내내 하늘이 터져 큰물 지는 동안
그녀의 유모차는 혼자 냇가 방죽에 비바람 맞고 서서
시퍼렇게 불어가는 냇물을 보고 있었다
착한 물고기들이 등에 불 하나씩 켜 들고
하늘 길로 줄지어 올라가는 걸 보고 있었다

제 2 부

2001-2006

겨울 가야산

시인의 비명碑銘

언제나 사랑에 굶주렸으되
목마름 끝내 채우지 못하였네

평생 막걸리를 좋아했고
촌놈을 자랑으로 살아온 사람,
아이들을 스승처럼 섬겼으며
흙을 시詩의 벗으로 삼았네

사람들아, 행여 그가 여길 뜨려거든
그 이름 마땅히 허공에 묻지 말고
그가 즐겨 다니던 길 위에 세우라

하여 동행同行할 벗이 없더라도
맛있는 막걸리나 훌훌 마시며
이 땅 어디어디 실컷 떠돌게 하라

겨울 가야산

눈 덮인 가야산에 새벽 햇살 점점이 붉다
직선에 가까운, 굵은 먹을 주욱 그어
하늘 경계를 또렷이 판각板刻하는 지금이
내가 본 그의 얼굴 중 가장 장엄한 순간이다

그 앞에선 언제나 엎드리고 싶어지는
저 산의 뿌리는 쩡쩡한 얼음 속처럼 깊고 고요해도
곡괭이로 깡깡 쳐보면 따뜻한 생피가 금세 튀어올라
내 얼굴 환히 적셔줄 듯 눈부신데

사람에게도 그런 순간이 찾아오기라도 한다면
언제쯤일까, 저 산과 내가 가장 닮아 있을 때는

얼굴

아래채 고쳐 지으려고 흙집 헐어내니
천정 흙벽에 숨어 얼굴 한번 안 보여주던
기둥이며 대들보 서까래들이 우르르 쏟아져 나왔다
그 옛날 심산深山 식구들과 고즈넉이 살다 대목의 눈에 들어
이리로 시집왔을 적송 등걸들이
인근 구릉이나 논밭에서 져 날랐을 황토와 볏짚에 엉긴 채
무거운 짐 내려놓은 듯 너무 편안히 누워 있다
이 거무레한 몸으로 엄동설한 다 받아내어
이 집 식솔들 한 세상 견뎌 살게 한 것인가

그 얼굴이 보고 싶어 그라인더를 댄다
지긋이 힘을 줄 때마다 깎여나가는 시간 너머로
한때 푸른 대지와 심호흡 주고받았을 작은 옹이들이

별꽃처럼 파르르 돋아오고
햇살과 그늘 놀다 간 자리, 둥근 나이테로 살아오는데
나무의 얼굴에 가만히 내 얼굴을 댄다 오늘 나는
어떤 무늬로 살았을까, 먼 후일 나는 누구에게
어떤 무늬로 발견될까, 생각하면서
그 얼굴에 내 얼굴 갖다 대면
내 생의 무늬도 한결 따스하고 환해질 것 같아서

좋은
사람들

요즘 술집 찻집 어딜 가든 이 이름이 많다
사람이 얼마나 그리운 시대인가를
80년대 운동을 통해 체득한 이들이 붙인 이름이다
결국 남는 것은 사람이다
내게도 좋은 사람들이 있다
그 때문에 내 삶이 아직 헛되지 않다고
시집 후기 어디에 적어놓기도 했지만
멀리 붉은 구름 내걸린 가야산 아래
고향으로 아예 보따리 싸서 들어올 때도
나를 놓아주지 않던 사람들도 그들이었다
개발독재의 총검이 빛을 뿜던 시절이나
자본이 뱃속이 아니라 꿈속까지
다 차지해버린 이 황량한 시절에도
그들과 함께 있다는 것만이 희망이었다
혹은 인간과 아름다움에 대한

포기할 수 없는 희망이기도 했다

그들은 눈 덮인 계곡 바위처럼 웅숭깊고

그 아래 물이 되어 흐르면서 깊어 가는

참 따뜻한 사람들이었다

내 형제들이었다

시론詩論

- 작가는 그 시대가 유일한 기회이다, 샤르트르

이 말을 믿는 사람들은
비극적 운명을 갖게 된다
자기를 소외시키지 않으나
자기에게서 소외될 운명이다
그는 시詩와 더불어 언제나
바람 부는 길 위에 서 있다

머리 대신 맨발로 생각하고
흘러가는 강물을 두고
시간의 그물 넓게 던져 세상을 낚는다
집에 가서 펴 보면
고기는 간 데 없고
강물만 한가득 퍼덕거리고

내 생애의 별들

서른을 채워 결혼하는 아이 덕에
벌써 두 아이 엄마 된 아이도 오고
아직 좋은 사람 없다며 선하게 웃는 아이도 와서
밥 먹고 술 몇 잔씩 나누고 헤어졌지만
돌아와 눈감으면 어룽대는 것은 있다
그해 여름, 내가 두고 떠나온 아이들

차마 부끄러워 딴 애들처럼
교무실로 복도로 찾아 오도 못하고
교문 떠나는 내 뒷모습 훔쳐보며
목련 잎 그늘에 숨어 울기만 했다고
오래 묵은 사랑처럼 털어놓고는
가슴이 조금 시원한 듯 웃는 아이,

- 선생님, 그땐 다들 힘들었어요

아이가 다섯 살이나 된 아이가 말했다
- 오냐, 오냐 내 다 안다
내 음성은 토란잎에 떨어진 빗방울처럼
그렁그렁 매달려 떨고 있었다

그해 여름, 내가 두고 떠나온 아이들
굳게 입 다문 쇠교문에 매달려 울던 아이들
언젠가는 꼭 한번 빌고 빌어
용서받겠노라고 다짐하던 나 먼저
가던 길 지쳐 허덕일 땐 언제나
머리 위로 쏟아져 내리던 아픈 채찍들

나눠 가진 상처 때문에 더 자랑스러운
내 생애의 별이 된 그 아이들을 다시 만났다

우리 집에 가자

겨우내 우리 아이들이 졸업한 초등학교가 없어졌다. 폐교된 지 이태 만에 불도저로 밀고 덤프트럭이 와서 학교를 실어갔다. 운동장엔 아직 민들레 한 포기도 비치지 않는 너무 이른 봄, 아이들은 벌써 이웃 학교로 떠난 지 오래, 홀로 쓸쓸히 낡아가던 교문도, 교문 오르는 비탈길에 학교보다 100년은 더 된 느티 고목도 싹둑 베어지고 없다. 운동장엔 즐비하던 플라타너스 - 일찍이 이 학교를 졸업한 아이들이 커서 아이를 낳아 이 학교에 보내고, 운동회 날 선생님 대접한다고 돼지 잡고 국 끓여 대낮부터 막걸리 콸콸 따뤄 동네 잔치하던 그 플라타너스 짙은 그늘도, 그때 그 사람들도 보이지 않는다. 꽃동산도 화산이 불을 뿜던 지층 파노라마도 축구골대도 둥근 시계탑도, 하얗게 빛나던 백엽상도 학교 교사 앞에서 구름이나 산새들을 불러 모으던 허리 굽은 적송 한 그루도, 아이들 깨금발로 오르내리며 놀던 돌계단도 밤낮으로 펄럭이던 태극기도 이젠 없다. 썰렁한 운동장엔 인근 숲에서 불러드는 드센 바람만 무성한데, 어린 플라타너스 잘린 몸뚱어리 몇 뒹굴고 있어 가만 들여다보니 수십 개의 둥근 별자리가 성성 박혀 있다. 나는 그 어린 등걸을 안고 지나는 바람이 듣지 못하도록 가만히 속삭였다

- 얘야, 여긴 너무 쓸쓸해서 안 되겠다
  우리 집에 가자

눈 오는 날의 벽진중학교

일직 날 학교 와서 일하는데
바깥에 웬 눈님 펄펄 오시길래
잠시 손 마중 나갔다가
마을 초등학교 다니는 아이 녀석들
뭘 할까, 눈놀이하겠지
생각다 집으로 돌아왔습니다

아이들은 눈길 따라 나가고 없고
컴을 켜니 화면에 그림 하나 떠오릅니다
작은 녀석 소행입니다
눈 억수로 퍼붓는 연봉산 그늘에
주먹 눈발에 지워지는 학교가 있고,
하얀 이빨처럼 창틀이 몇 개
눈 반딱 뜨고서 눈 내리는
세상을 향해 활짝 열려 있습니다

창문 너머 운동장엔 어둠 가운데
하얀 글씨가 소리 없이 흩날리고 있습니다

「눈 오는 날의 벽진중학교
아버지께서도
이 눈을 보고 계실 것이야
너무 열심히 일하시다가는
눈병 나실까 걱정이다」

나는 창을 있는 대로 환하게 밝혀 두고
눈 마중 간 아이를 마중 갑니다
나도 모르게 아이 생각이
눈길처럼 퍽이나 깊어졌나 봅니다

아버지의 추억

우리 집 짓는데 일꾼 중에 꼭 젊은 날의
내 나이만 한 아버지를 닮은 분이 있다
나보다 훨씬 늙으신, 얼굴이 검게 그을은 사진 속의 아버지처럼
담 그늘에 앉아 담배도 뻑뻑 피우시고
막걸리도, 참*으로 받아낸 국수도 그냥 들이켜신다
내일부턴 일이 없다며 돈 받아 세어선 뒤 포켓에 찔러 넣고
술 한 잔 하러 가자며 쓸쓸히 돌아서는 그 모습이
연생 아버지다
아마도 시장통 포장마차 선술집으로 가시는 거다

* 참 : 새참. 일하다가 아침과 점심, 점심과 저녁 사이에 잠깐씩 쉬면서 먹는 음식.

언젠가 대구 반고개서 시외버스 기다리다
뒷모습이 꼭 닮은 아버지를 본 적이 있다
아. 부 . 지 . 이—
달려가며 고함 꽥 지르고 싶었지만
발이 땅에 달라붙어서
목구멍에서 소리를 내보내지 않아서 가만히
아부지……
하고 말았다

아부지……
이렇게 중얼거리면 더욱 그리워지는
아버지 때문에, 시장통 술집에 앉아
그 옛날 아버지와 가 본 가천장날 그 돼지국밥에
막걸리 한 병 따뤄 놓으면
목이 뜨거워 술이 술술 잘 안 넘어간다

아버진 이런 날도 산중에 계신다
흙이 되신 지 벌써 오래다

봉숭아 피고 지는

팔순 이모가 입을 닫으셨다. 환갑 자식 앞세워 보내고 반쪽이 된 노구가 사흘 낮밤을 물 한 모금 털어넣지 않으셨다. 하객들 떠나 고요한 삼경, 영안실 마루 끝에 던져 놓은 물걸레처럼 아무렇게나 기대 앉아 허물어지셨다. 엉킨 머리칼 사이로 꺼질 듯 새나오는 눈빛 한 오라기와, 절대로 열리지 않을 것처럼 한 일一 자字로 꽉! 깨문 메마른 입술에만 숨이 파르르 붙어 있었다

지난여름, 뒷집 텃밭 둘레에서 우리 집 길가로 파 옮겨 온 봉숭아가, 근 열흘 사선死線을 넘나들고 있었다. 대낮엔 불볕에 익은 잎가지를 절절 끓는 땅바닥에 처박았다가, 밤 되면 찬이슬 받아 시나브로 들어올리고, 올리고…… 나는 아침저녁으로 그 정수리에 물벼락 퍼부어 가물가물 놓아가는 의식을 팽팽 당겨주곤 했다

상한 관절 마디마디 피가 돌자, 땅을 박차고 우뚝 서서 붉은 혀 같은 꽃잎들을 토해내기 시작했다. 꽃그늘 사이 탐스런 입들이 조롱조롱 매달리면서 다시금 불볕이 그를 달궜다. 이모의 입이 터진 것도 그 무렵이었다. 어머니가 아픈 다리 끌고 다니러 가신 날,

- 밥 많이 무라, 내 새끼……

말문 터지자 애터지게 기다리던 가슴들이 탁탁 터졌다. 내 봉숭아도 입을 활짝 열어 사방팔방으로 새끼들을 튕겨 보냈다

꽃

너의 고운 흔들림 앞에
세상에서 가장 아름다운 수식어를 붙이고 싶다
바람 한 점 없어도 흔들리고
바람 아무리 불어도 꺾이지 않는

너의 그윽한 입술 위에
세상에서 가장 따스한 햇살 한 올 포개주고 싶다
새벽보다 일찍 열리고
늦은 저녁보다 오래 남아 빛나는

흔들리면서
흔들리지 않고
어둠 속에서도 그 빛 잃지 않는
잠깐이면서 끝없이 목숨 이어갈

너의 뜨거운 이마 위에

세상에서 가장 서늘한 별빛 하나 얹어주고 싶다

그 오랜 낮밤을 건너, 오늘

이리도 귀한 반짝임으로 내 앞에 마주 선

제 3 부

1999-2000

서문시장돼지고기선술집

수업기

중학 시절, 나는 공부벌레였다. 학교서는 1초도 책을 덮지 않았다. 노가다 아버지, 겨우내 일자리 없어 아저씨들 찾아와 막걸리 마시는 날은, 집에 오면 곧장 만화방으로 쫓겨 갔다. 그때 우리 일곱 식구 주먹만 한 사글세 단칸방에 살았다

내 장래 희망은 육사였고, 그 이전엔 월급 받는 은행원, 그 이전엔 농촌계몽운동가였다. 그 꿈들의 변천사는 내 가족의 구멍 난 사회경제사를 비추는 낡은 거울이었다. 멋진 한복을 입은 일가족이 밥상 앞에 둘러앉아 쌀밥 먹는 그림을 내 문집 겉장에 붙여놓고, 꿈꾸듯 떠나온 '고향 그리워' 류의 동시를 써 붙이던 시절

학교 오가는 길 큰길에선 영어 단어를 외웠고, 골목길 남 안 보이는 곳에선 찌그러진 담배꽁초나 휴지를 주우면서 왼손이 모르는 오른손의 기쁨을 터득했다. 나중에 시인이 안 되었으면 광신 전도사가 되었거나, 어쩌면 역

마살 받아 산천을 떠돌 운명이었을 지도 모를 일이었다

고교시절, 공납금이 없어 학교 매점에서 일했다. 근로 장학생, 아이들 말로는 빵쟁이였다. 나는 중학 때처럼 불꽃 튀는 경쟁의 톱니바퀴에 끼어들고 싶었지만, 영양실조에, 휴식이 없는 고된 노동에, 공부방 하나 없는 불공정 게임의 벽에 부딪혀 침몰하기 시작했다. 그 무렵 그 아이를 처음 만났다

내 앞에 새로운 세상이 열렸지만, 몇 날 밤을 새우며 씨름하는 내게 글은 절대로 쓸모 있는 도구가 아니었다. 고3 되어 마지막 편지를 받았다. 수업 끝나면 강당 앞 서쪽으로 기울어진 언덕바지 코스모스 밭에 달려와, 둥둥 떠오르는 꽃덩이 사이로 그 아이가 보내주는 황홀한 저녁놀을 서늘한 가슴으로 받아 안고 웃었다

마지막 여름방학은 원 없이도 보냈다. 가방 학교 도서관에 팽개치고, 고산 포도밭 앞산 팔공산 동화사 송림

사 동해 바다로…… 너를 찾아, 그 때 다 순례하고도 쓸쓸함은 끝내 부서지지 못하고 파도로 남아, 내 가슴 무수히 들이치고 빠져나가곤 하던, 그 슬퍼서 아름답던 날들의…… 나의, 수업

서문시장 돼지고기 선술집

고등학교 다닐 때였지

노가다 도목수 아버지 따라

서문시장 3지구 부근, 지금은 사라지고 없는 할매술집에 갔지

담벼락에 광목을 치고 나무 의자 몇 개 놓은 선술집

바로 그곳이었지 노가다들이 떼서리로 와서 한잔 걸치고 가는 곳

대광주리 삶은 돼지다리에선 하얀 김이 설설 피어올랐고

나는 아버지가 시켜주신 비곗살 달콤한 돼지고기를 씹었지

벌건 국물에 고기 띄운 국밥이 아닌, 살코기로 수북이 한 접시를(!)

껙껙 목이 맥히지도 않고
아버지가 단번에 꿀떡꿀떡 넘기시던 막걸리처럼
맥히지도 않고, 이게 웬 떡이냐 잘도 씹었지.
뱃속에서도 퍼뜩 넘기라고 목구녕으로 손가락이 넘
어왔었지

식구들 다 데리고 올 수 없어서
공부하는 놈이라도 한번 실컷 먹인다고
누이 형제들 다 놔두고 나 혼자만 살짝 불러 먹이셨지
얼른 얼른 식기 전에 많이 묵어라시며
나는 많이 묵었으니까 니나 묵어라시며

스물여섯에 아버지 돌아가시던 날 남몰래 울음 삼켰지.
돼지고기 한 접시 놓고 허겁지겁 먹어대던 그날
난생 처음 아버지와의 그 비밀 잔치 때문에

왜 하필이면 그날 그 일이 떠올랐는지 몰라도
지금도 서문시장 지나기만 하면 그 때 그 선술집에 가서
아버지와 돼지고기 한번 실컷 먹고 싶어 눈물이 나지
그래서 요즘도 돼지고기 한 접시 시켜 놓고 울고 싶어지지

흔들림에 대한 아주 작은 생각

추수 끝난 강둑에 무리지어
다 끝나가는 한 생을 마저 살려고
마구 흔들어대는 저 으악새는
어떻게 내 마음을 통째로 뒤흔들지 않고
내 곁을 지나친단 말인가

성주 가천 닷새장 파장에 부는 소슬바람도
대가천식당 할매가 말아내 논 돼지국밥도
정류장 둘레에 퍼질러앉아
금방 밭에서 뽑아 온 무 배추 몇 단 놓고
국수 말아먹는 아낙의 등 굽은 가계家計도

어찌 나와는 아무 상관없다 지나치리
그 모습에서 감동을 찾아가기도 하고
그 웃음에서 가 버린 세월을 되감아 오기도 하고

하다못해 연민의 눈길이라도 욕심껏 퍼붓고 갈 일이니
세상에 저 홀로 흔들리는 것 무엇 있으리

꽃에 대하여

열 살 때 나는
너를 꺾어 들로 산으로
벌아 벌아 똥 쳐라 부르면서
신이 났다
그때 나는 어린 산적이었다

내 나이 스물에
꽃밭에서 댕댕 터져오르는 너는
죽도록 슬프고 아름다웠다
사랑하는 사람이 있었기 때문이다

나이 서른에 너의 아름다움은
살아 있는 민중의 상징이었다
사람들과 어울려 사는 법을 배웠기 때문이다
나도 네 속에 살고 싶었다

마흔 고개 불혹이 되어서도
나는 아직 너를 모른다
어디서 와서 어디로 가는지
그러면서 흩어지는 까아만 네 씨앗을 보고 있다

나는 알 수 없다
쉰이 되고 예순을 넘겨
천지 인간이 제대로 보일 때가 되면
나는 너를 어떻게 사랑하게 될까

필요 없는 놈은 골라내고
고운 놈만 수북이 옮겨 화분에 놓고
아침저녁으로 너를 아껴 사랑하게 될까
아니면 그냥 잡초밭에 두고
못 본 체 지나가며 사랑하게 될까

저녁 산책

아들아, 너와 나의 인연은 참으로 깊다. 언제가 신점神占으로 소문난 월항 할매 찾아 내 손바닥을 펼쳤을 때, 너는 그 여자의 확언에 의해 내게 운명적으로 점지될 생명이었다. 나는 너를 여기 이 앵무동 마을까지 데리고 왔다. 이 마을은 내가 꿈에도 날아와 보지 못한 곳이었다. 그러나 첫눈에 이 집은 내 집이었고 너의 집이 되었다. 이곳에서 우리는 다시 태어났다

너는 지금 나와 함께 적송 기울어진 언덕 구름 속을 달리고 있는 이 저녁을 세상 마지막 날까지 갖고 가리라. 너는 자전거를 타고 나는 걷고 있다. 새로 지은 뒷집 건너 뒷집 똥개 두 놈이 내가 발을 뗄 때마다 정확하게 두 번씩 짖어댄다는 사실을 알고 있는 나는, 천천히, 그 집 담장 아래서 쟁반을 돌리고 있는 접시꽃 곁을 지나간다. 그 곁에는 털이 송송한 강아지풀과 시들어버린 쓴 냉이들이 붉은 노을에 얼굴을 적시고 있다

이 골목을 따라 산그늘에 이르면, 새로 이사 온 네 반 소라네 집 인정 많은 가족들과 함께 사는 산닭이 다 된 토종닭과, 그들의 손때 묻은 고구마 감자 파 고추 참깨 농장이 있다. 페달에 힘을 주는 네 발이 규칙적으로, 때로 불규칙적으로 달리는 내 발과 같은 역학으로 굴러간다. 자전거를 타고 하늘을 날아오를 듯 너무나 즐거워하는 너는, 구르는 바퀴 아래 툭툭 튕겨나가는 돌멩이 한 알이 어디서 와서 어디로 굴러가는지 관심이 없지만, 지금 너를 둘러싸고, 너를 이루어가고 있는 어느 한순간도 그리움 아닌 것 없는 날이 곧 오리라

꽃밭에서는 네가 동무들과 노는 마당으로 나오고 싶어서 벌겋게 달아오른 다알리아나, 이제 막 담장에 기어오를 채비를 하고 있는 장미덩굴이나, 허리가 너무 커져서 언제나 걱정인 황국이나, 초파일 절간 빨랫줄에 오롱조롱 걸어논 연등 같은 옥잠화, 홍매, 백매, 나리, 원추

리, 맨드라미, 작약, 유도화, 올해도 피어날 과꽃, 돌담 그늘 아래 숨어든 꽈리, 가야산 깊은 골에 살다 날 따라 이사 온 까치수염, 둥글레, 머구, 취나물, 참취나물, 봄에 먹는 달랭이, 아니면 부처님 머리 같은 불두화, 그 아래 작은 보리수, 라일락, 목련, 어서 가을세상 만들고 싶은 감나무까지도, 인구밀도 너무 높다고 마당 아래로 내려선 채송화를 다들 부러워하는 걸 알면서도, 내가 일부러 모른 체 솎아나 주고 가지나 슬슬 쳐주는 이유에 대해서도, 네가 어느 날, 홀연히 깨닫게 된다면, 그것만으로도 너에게는 웃음이 되고 반짝이는 눈물 한 방울이 되리란 것을 나는 안다

또 있다. 아침저녁으로 배추, 상치, 무, 파, 토란, 가지, 들깨, 토마토, 오이, 도라지, 호박, 부추, 고추밭에 물 주고 풀 뜯어 닭모이 주는 이 크고 작은 일들이 너를 쑥쑥 자라게 하는 것임을 알게 되리라. 그렇다. 내가 너를 이

곳으로 데려온 것은 순전히 흙 때문이었다. 그 옛날 그가 내게 그랬듯이, 훗날 나 없는 세상에서도 그는 일년 사시사철 봄바람 겨울 눈비의 춤 노래 속삭임 안으로 너를 불러내리라

아직 자전거는 비탈을 오르기 위해 갈지자로 비틀비틀 취한 듯 굴러가고 있다. 우리 집 마루에서 보면 저녁마다 네모진 문틀에 걸려 멀리 소나무 숲을 넘지 못하고 쩔쩔매던 그 구름이, 잠시 후 저 가야산 상봉에서 가천 금수 골짜기를 지나 벽진 초전 벌판으로 내려서는 걸 보게 되겠지만, 저 구름과 산과 벌판 또한 네가 세상에 나가 쓴맛을 알고 난 뒤, 어느 날 문득 외로움과 그리움이 너를 마구 흔들어 사무칠 때, 네게 와선 다시는 네 곁을 떠나지 않으리라

마침내 자전거는 언덕바지에 오르고 있다. 한줄기 바람이 헉헉거리는 너의 입으로 들어와서 입으로 나오고,

나는 그 바람을 내 입으로 빨아들인다. 또 하루해가 붉은 잠자리 떼를 온 산천에서 거두어 네 공부방 황토벽 그림달력 속으로 들어가고, 잠깐 잊고 있던 새들이 저 먼 지평 너머에서 깃을 치며 숲으로 돌아오고 있다

곧 밤이슬이 내릴 것이다. 돌아가자 아들아, 오늘 저녁 산책이 여기서 끝나고 있다

어떤 일대기

스물셋이었다 그녀는 아무도 안 오는 농촌으로 시집왔다
대구에서 여상 졸업하고, 오래비 학비 대는 재미로
직물 공장 다니다 만난 청년을 따라
난생 처음 하는 농사일에 온몸 쑤시고 다리도 후들거렸지만
두 남매가 제 얼굴 닮아 눈매 서늘하게 커 가고
돈이 좀 만져지는 참외농사 재미가 쏠쏠했으므로
그녀는 신새벽에서 늦은 밤까지 남편 일을 도왔다
곱던 얼굴 볕에 그을고 손바닥이 까칠하도록 농사물이 들 무렵
조막만 한 면소재지에 다방이 여남은이나 들어섰고 도회지서 온
허벅지 미끈한 여자들이 오토바이로 차와 웃음을 실어 날랐다

재미 삼아 하우스로 몇 번 불러내던 영다방 김 양한테 미쳐서

돈 싸들고 따라다니다 함박눈 쏟던 날 사내는 결국 집을 나갔다

눈앞이 어지러웠지만 어린 아이들 늙은 시어미에게 맡겨두고

그녀는 이 악물고 두 사람 분의 농사일을 혼자 했다

그렇게 비바람 눈발 드센 들판에서 몇 년을 살았다

그러던 어느 겨울, 주먹눈이 몹시 쏟아지던 밤, 사내는

상거지 꼴로 돌아왔다 하지만 옛날의 그 사내는 아니었다

농사일은 아예 잊은 듯 골방에 틀어박혀 억병으로 마셔대던

쐬주로 한참을 몸 버리던 어느 날, 어디선가 전화가 오고

사내는 통장을 긁어 다시 집을 나갔다 그때 그녀도 함께 무너졌다

아무데나 쓰러져 며칠을 울다 마침내 울음 그친 새벽이 왔다

대낮에도 귀신 나오는 컴컴한 대숲 그늘, 그녀의 손에서

떨어져 나간 농약 병이 차갑게 빛을 뿜으며 뒹굴었다

타국처럼 낯선 땅, 뒷산 아카시아 비알에 그녀가 묻히던 날

하늘은 쨍쨍해서 비 한 방울 안 주었고 그녀가 누운 황토

새집 앞에 쓰러져 우는 사람은 친정 오래비, 한 사람뿐이었다

1989-1998

제 4 부

아직도 우리에게는

내가 두고 떠나온 아이들에게

잘들 있었느냐, 이곳으로 쫓겨올 때부터 언젠가 이날이 올 줄 알았다. 이 험난한 시절에 맞는 우리들의 헤어짐은 예정된 것이며 교육적인 것이다. 나는 쫓겨나는 모습밖에 가르쳐 준 것이 없었지만 너희가 보내준 편질 받으면, 해거름에 들일 하고 돌아와 손발을 털어내던 때처럼 푸근하다

이제는 혼자라는 느낌이 들지 않는다. 너희는 살아 있다. 빗소리 그친 들창 너머로 내가 두고 온 학교 너희 교실 창문을 질러 온 가을이 있다. 너희 중 누군가의 울음소리가 풀벌레 가는 소리에 섞이고 있다. 그날 눈물로 길을 막던 너희 가슴에 끝내 못질을 하고 돌아서서 떠나버린 나를 너희들은 용서할 것인가

헤어져야 만난다는 말의 진실과 쓰라림을 배우기 위

해 우린 얼마나 많은 걸 버려야 했던가. 그것이 이 땅에 난 자들의 피할 수 없는 길임을 아는 날, 너희들은 내가 몰라볼 만큼 커 있을 것이다. 잘 있거라 아이들아, 어느 한 순간도 난 너희 곁을 떠나지 않았다. 우리가 눈 부릅뜨고 살아 있는 한, 잊을 수 있는 것은 아무것도 없으리라

내 꿈은

- 도종환 선생 시풍으로

어릴 적 내 꿈은
선생님이 되는 게 아니었지
조그만 산골 밭뙈기 갈아
아름다운 사람과 오순도순
나눠먹는 것이었지
호박이 열리고 감자 굵어지면
뒷집에도 한 소쿠리 나눠주면서

젊을 적 내 꿈은
싸움으로 밤낮을 바꾸는
교육운동가가 되는 게 아니었지
깊디깊은 산골에 이름 없는 교사가 되어
아이들과 양지녘에 꽃을 가꾸며
가슴 적셔줄 사랑의 시를 노래하는 것이었지

문제교사가 되고 요주의 인물이 되어
학교서 쫓겨나고 복직도 못하고
이름 석 자 앞에 예전엔 상상도 못한
겁나는 직책을 주렁주렁 달고 있는
지금도 내 꿈은 그런 것이지
흙을 하늘로 아는 농군이 되고
아이들 앞에 부끄럼 타는 국어 선생님 되어
마지막 날까지 시를 가르치다 가는 것이지

산을
오르며

어째서 떡갈나무 잎은
서리가 허옇게 내린 다음에도
한 생애의 무게를 짊어진 채로
억지로 매달려 떨고 있는가?
도무지 낮은 곳으로 내릴 생각을 않는 것일까?
이슬을 삼키고 있는 작은 풀잎 헤쳐
길 없는 길을 내며 생각했다

한여름 내내
푸르던 목숨들이 고함치던 산
혹은 가을 무렵엔 온통
때 묻은 누런 옷을 벗는 바람에
거대한 철탑이 불쑥,
불쑥 솟아오던 산을 보면서

생각했다 우리에게도
가끔씩 잊고 있던 것
죽음이라든가
이 세상을 다 주어도 바꿀 수 없다던
단 하나의 사랑이라든가, 그런 것이
철탑처럼 어느 날 내 생애 속으로
불쑥불쑥 솟아나는 날이 있다는 것을

아름다움에 대하여

눈 덮인 세상이 아름답다고 생각한 적이 있었다
그건 사실이었다
19년 만에 불모의 땅 대구 일원에 내린 눈도
역시 아름다웠다
기차를 타고 내려올수록
세상을 더 깊고 두껍게 덮어오는
하얀 눈발
아무 것도 용서하지 않고 포기하지 않고
평등하게 겹겹이 덮어버리는
거역할 수 없는 자연의 손길은 얼마나 아름다운가

그런 세상에서
발자국을 찍어내는
사람이 더 아름답다는 생각을 한 적이 있었다
전에는 사람이란 그저 작고 추하기만 한 줄 알았다

나이 먹어 불혹에 한 발 다가선 지금
내게는 사람이 아름답다는 말이 더 깊이 이해된다
핍박받는 사람이
핍박을 이겨내려고 싸우면서도
가장 아름다움을 잃지 않는 사람이

그걸 나는 조금씩
확인하고 있다
그래서 눈 내리는 세상만큼
세상은 아직 살 만한 것이고
태어나길 잘했다는 생각이 가끔씩 들 때가 있다

내 시詩

복직이 되기 전에 떠나 버려서
영영 해직교사로만 살아야 하는 정영상 선생을 생각하면
언제나 떠오르는 것은 그가 자주 그린 자화상이다
말없이 긴 얼굴
그 뒤를 흐르는 무겁고 어두운 색채의 질감
빛이 한줄기 흐르는 것도 단호하게 차단해버린 그의 배경 뒤로
위통胃痛을 지병으로 갖고 견디면서
술 마실 땐 언제나 새벽까지 마시다 마누라한테 간다고 훌쩍 떠나 버리던 그의
뒷모습이 새겨져 있다

그 해 변산반도 교문창* 전국 모임에서도 그랬다
새벽바다에 희미하게 떠있는 별빛을 도와

그날도 떠나는 그를 본 사람은 아무도 없었다
그는 남보다 먼저 일어나고
먼저 떠나는 사람이었다
왜일까, 뒷모습을 보이기 싫어서였을까

자화상을 많이 그리는 사람은
언제나 자신을 거울 앞에 세워두지만
그가 그린 얼굴은 실은 그의 뒷모습에 지나지 않을 거라는 생각,
내 시詩도 그럴 거라는 생각을
요즘 나는 자주 하게 되었다

* 교문창 : 교육문예창작회

아직도 우리에게는

- 사람만이 희망이다, 박노해

칠성시장 속골목 허름한 술집이었던가
나와 10년, 교육운동 외길 함께 걸어온
후배이자 동지인 그와 막걸리를 마시다
박노해 최근작 '사람만이 희망이다'를 읽는데
촌놈 티가 줄줄 흐르는 선량한 두 눈에
반짝, 물방울을 담는다

아난다가 붓다에게
"착한 벗이 있고 착한 동지와 함께 있다는 것은 이 성스러운 길의 절반입니다." 할 때
붓다가
"아난다여, 그렇게 말하면 안됩니다. 그것은 이 성스러운 길의 전부입니다."고 고쳐주는 대목에서

읽는 나는

밥그릇 술잔 앞에 목이 메었고
말없이 듣던 그의 눈이 어둔 형광 불빛에 흔들렸다

사람 되어 사람을 가르치고픈 소박한 꿈
아직 절반에 못 미친 우리의 길이
워낙 끝이 없고 험한 때문인가
캄캄한 어둠에 그을려온 동지들의 얼굴이
술잔을 고요히 흔들고 지나간 것일까

아니리, 그것만은 아니고말고
처음 이 길 들고부터 우리는
도착해야 할 목적지가 아니라
걸어야 할 길, 바로 그것으로
우리 스스로 길이 되어 길을 내며
새벽길 한 발씩 뚜벅뚜벅 걸어가기로 하였으니

무엇보다 아직도 우리에게는
상처 난 가슴 한복판을 딛고 지나가는
칼날같이 따스한 시 한 구절에도
쏟아낼 눈물방울 철철 넘치도록 살아 있으니!

다시,
처음으로

10년 만에 다시, 처음으로 돌아오던 날
내 자리 덮어버린 축전 꽃더미서 찾아든
전보 한 장
읽다 말고 엎드려 울고 말았다
10년 동안 가슴에 눌러 둔 울음
그냥 터뜨리고 말았다

선생님, 복직 정말 축하드려요.

그 동안 고생 많으셨지요. 이제 대학 졸업하고 사회 초년생인 저희도, 선생님 복직 소식에 다시 학교로 가서, 교단에 서 계신 모습 뵙고 싶어요……

비록 얼굴도 모르는 수많은 제자 중에 하나지만, 항상 선생님 복직 바래 온, 89년도 경화여중, 한 학기밖에 수업을 받지 못한

윤경, 현정 올림

아아, 너희들이었구나!

닫힌 철교문 안에서, 선생님! 선생님! 부르던 소리…… 차마 뒤돌아서 더 이상 들리지 않게 된 다음에도, 언제나 나를 부르던 소리…… 내 이 길에 외로울 때 지쳐 쓰러지고 싶을 때, 선생님! 선생님! 날 불러 일으켜 세우던 그 소리…… 이젠 얼굴도 남아 있지 않은,

너희들이었구나. 무수한 무수한 너희들이었구나!

아이들아, 이제야 너희 곁에 돌아온, 죄 많은 이 선생을 용서해 주겠니? 하지만 아이들아, 못다 한 그 날의 수업, 언제나 마저 할 수 있겠니?

아이들아, 나는 이제 눈물로 다시 시작하련다. 이 눈

물의 깊이 따라가면 보이는 길 그 길 따라, 끝없이 가다 보면 오늘처럼, 너희와 또다시 만나게 될 그 길 따라

1981-1988

제 5 부

다시 사랑하는 제자에게

수업

코스모스를 꺾어들며 아이들에게
꽃을 꺾는 것은 나쁘다 하면
아이들은 그렇다고 대답한다
(왜 나쁜가는 묻지 않는다)
그걸 다시 꽃병에 슬쩍 꽂아 두며
아이들에게 참 교실이 훤하지 하면
아이들은 그렇다고 대답한다
(정말 교실이 훤한가에 대하여 혹은
그 꺾음의 정당성 따위는 묻지 않는다)
콩 심은 데 콩 나고 팥 심은 데 팥 난다고
고전적인 속담을 섞어 말하면
아이들은 고개 끄덕이며 그렇다 한다
그런데 요즈음은 콩을 심어도 그 가운데
팥이 돋아날 수도 있다 말하면
아이들은 벌써 생물시간의 돌연변이를 떠올리며

어른처럼 웃거나 고개를 끄덕인다
(더 이상 아무것도 의심하지 않는다)
참 재미있는 수업 시간이다
참 재미없는 수업 시간이다

오리걸음

나무 한 그루 없는 찌는 운동장, 일렬종대로 엮인 벌거벗은 식민지 원주민 포로들처럼
머리도 못 들고 말없이 쪼그려 걸어가는 우리 반 계집아이들의 뒷모습은
내게도 너무나 처참하고 낯익은 풍경이다
십년 전 이십 년 전 내 고등학교 교련 시간이나 초등학교 뜀틀 시간
(그때 나는 바람 부는 대로 흔들리는 갈대 체질이었다)
그리고 아버지의 보통학교 시절 큰 칼을 찬 왜놈 선생 앞의 아이들
모두 한 다발로 세월 구분 없이 얽혀드는 희한한 풍경이다
이러므로 세월은 도무지 우릴 위하여 흐른 것 같지가 않다 오리걸음으로
걸어가는 아이들을 보면 훈련소 여름 야산에 엎드려

땀을 바가지로 쏟다가

아아, 차라리 이대로 잠들어 버리기를, 얼마나 간절히, 난생 처음으로

기도의 무서움과 아름다움에 살을 떨던 그날과 지금

이 나라의 선생인 나를 왜 저 땡볕 아래 서러움의 일체감으로

못 박아 두는지

요즈음은 도무지 부끄럼밖에 없어서

아이들을 똑바로 바라보는 일이 드물어진다

지금 내 힘으로 너희를 일으켜 세울 수 없는 일이라면

오늘에 선생이 무어며 학생이 다 무어냐

오늘도 무슨 큰 잘못인지 오래오래 침묵으로 속죄라도 하듯 이 험난한 시절을

선수학습으로 체득하고 있는 우리 반 아이들의 훈련

시간에 나는 생각한다
　도대체 우리는 누굴 위하여 살고 죽으며 누굴 위하여 종을 울리는가
　그렇다 오리걸음은 너희와 나뿐 아닌 삼국시대 김춘추 때부터 익혀 온
　하늘을 바로 보지 않고 땅만 짚으며 기어가는 방법이다
　그러나 너희들, 오리 시장의 오리 새끼마냥 한번 꽥꽥거리지도 못하고
　줄줄이 한 묶음에 팔려 가는 노예들의 몰골을 보는 것 같아 눈감고 싶을 뿐
　이곳에 태어날 때부터 우리는 이런 식으로 단단한 한 몸인 것을

아아 오리걸음, 아이들과 나를 한없이 작아지게 하는 오리걸음
죽으나 사나 그 안에서 꿈틀거리며 흔들리고 시들어가며
서로 조금씩 껴안아도 내장 깊숙이 내 거라곤 하나 없이 부서져 간 참담한
자유여, 우리가 더 작아지기 위하여만 숨 쉬는 것이라면
도대체 언제나 한번, 떳떳이 일어서서, 미칠 듯 푸른 하늘을 마음껏
마시며 뛰어서 걸어 다닐 수 있을 것이랴
눈물 나는 우리나라
아이들아

다시 사랑하는 제자에게 1

잘 있었느냐, 이젠 가을이다. 지난여름 무척이나 보고 싶었느니라. 덥고 쓰라린 여름의 땟자국이 서늘한 가을 강으로 빠져드는 이때, 너는 잠자지 않고 남아서 들창에 비친 감나무 그늘에 놀라, 제 그림자 뚝뚝 흩어놓고 달아나는 가을 기러기의 울음을 듣지나 않는지

얼마 안 있으면, 안타깝게 다만 바라보면서 가질 수 없었던 학창시절을 날려 보낸 회한에 소스라쳐 놀랄 때가 오겠지. 그건 너희의 잘못은 아니었다. 그러나 너휜 말하리라, 실로 따가운 햇살과 한겨울의 혹한 같은 나날들이었다고, 그래 얼마나 많은 시간을 기쁨 없이 보내었느냐

줄을 서서 부동자세로, 혹은 밑도 끝도 없는 시험 또 시험, 야간자습하는 너희 어깨 너머로 무너져 내리는 꽃

잎들이 너희를 부르고 있음을 안타깝게 뿌리치며 근심 어린 손마디에 연필을 끼우던 너희 모습들을, 나는 안다. 네 친구 순이는 그런 밤마다 침 흘리며 엎드려 자곤 했었지

누구를 위하여도 울릴 수 없었던 너희들의 종을, 언젠가 너희 손으로 우렁차게 울릴 그날이 오리라 오리라. 나는 생각한다. 때때로 알 수 없는 슬픔이 오고, 뜻 없이 흘러가는 시간들이 아까워 가슴 치는 너희에게는 너무 높이 올라가버린 우리나라의 가을하늘이 눈물 나고, 귀뚜라미 울음이 길게 이어놓는 가을밤이 너희를 몹시도 괴롭히리라

그러나 잠깐이다. 극기를 자신의 양식으로 삼는 사람에겐 확실히 그 어느 것도 무심하게 지나치진 않을 것이

어니, 모든 것이 한순간의 꿈이었다 말하진 말아라. 보내준 편지는 날마다 접어서 저 먼 강물까지 내보냈다가 새로 조금씩 되돌려 받고 있다. 깊어가는 강물 소릴 다 듣기 전에 가을이 가고, 너희가 가고 없는 쓸쓸한 교정을 내 다시는 바라보지 못하리라, 안녕

다시 사랑하는 제자에게 4

- 졸업하는 아이들을 위하여

눈이 내린다
사랑하는 아이들아
발밑에 걸리는 거친 눈발 받으며
너희 이제 졸업하느냐
눈발 속에 돌아보면 시방도 옛날 같아라
너희와 싸우며 서럽게 정들고
나 먼저 돌아오지 못할 길 떠났을 때
너희는 말없이 물기 젖은 맑은 눈을 주었고
나는 엄숙한 이 땅의 끝없는 싸움
그 사랑의 논리와
덜 익은 눈물마저 삭혀 익혔지
허나 이 세상 사는 동안, 아이들아
그냥 떠나는 것은 아무것도 없다
사랑이 빼저리고 아플수록
헤어짐도 깊고 아프다는 걸

그때 어린 너희는 배워야 했지
이제 너희가 마지막으로 떠나면서
우린 또 한 번 찢어지지만
우리가 어디서나 이 땅을 오래 아파하는 동안
사랑은 마침내 우리 것이고
끝끝내 우린 함께 있는 것이고
아무도 우릴 더 이상 갈라놓지 못하리니
그러므로 잘 가거라, 사랑하는 아이들아
행여 흐트러진 꽃 하나 남기지 말고
어지러운 발자국 하나
눈발 위에 새기지 말아라
이 세상 사는 동안,
사랑하는 아이들아
우리가 이 세상 살아가는 동안

각서 쓴 날

마지막 각서를 써 주고 오랜만에 사철나무 푸른 잎을 본다. 잎이 하나 둘 잠깐 내린 빗방울에 떨어져 제 발바닥을 덮고 있다. 그 위에는 벌써 꽃잎을 다 떨군 목련이 한창 푸른 지붕처럼 덮여 있고 참 푸른 하늘은 또 그 위에 있다. '다시는…… 않을 것을 맹세한다'고는 못 쓴다고 버티다 '서약한다'로 고쳐 쓰고 볼펜을 던지고 나니 갑자기 시원한 공기와 하늘을 마시고 싶어진다

종이 한 장, 내 목에 칭칭 감기는 올가미임을 나는 안다. 이런 걸 쓸 날도 이젠 얼마 남지 않았군, 생각하니 갑자기 아이들이 보고 싶다. 내가 사랑하고 날 사랑한 아이들…… 그 아이들이 보낸 편지가 구름 위에서 떨어지고 거기 아이들이 있다. 모두 웃는 얼굴이다. 선생님, 힘내셔야 해요…… 살아 남으셔요…… 보구 싶어요…… 그래, 나도 보고 싶다…… 선생님 수업, 다시 듣고 싶어

요…… 아이들아, 세월은 다시 돌아오지 않는 법이란다…… 에 알아요, 선생님…… 건강하셔요, 선생님…… 선생님, 선생님, 선생님…… 나는 선생님인가, 목련잎 커다란 얼굴이 손바닥에 떨어지며, 그렇다! 한다. 나도 그렇다! 하며 일어설 때 해가 넘어가고, 저문 하늘에서 마지막 빛살이 터져 내렸다. 찢어진 각서처럼

문 밖에서

나는 너의 창문이 꽝꽝 닫혀 있는 나라, 담쟁이가 얼어 죽어 고드름 되어 매달려 있는 너의 어두운 문 밖에서 있다. 새벽을 일으키는 사람은 일찍이 새벽을 달리며 문을 두드리는 사람이라 생각하면서 쿵, 쾅, 쿵, 쾅 못질된 너의 심장을 병적인 그리움으로 깨우고 있다. 열리지 않는 문을 향하여 머리끝부터 힘껏 처박아 쓰러지는 사람들은 예로부터 우리에게 아름다운 새벽의 소식을 가져다주었다. 그리고 오늘 내가 너의 문을 두드리는 것은 나를 무조건 활짝 열어놓겠다는 것이며, 너의 벽 속으로 스며드는 물방울같이 끝없이 움직이겠다는 것이며, 너의 창을 통하여 나를 새로 바라보고 싶다는 것이다

오 그리움이여, 어느 날 확, 한꺼번에 쏟아져 나오고 말, 아픈 햇살이여!

꽃도
십자가도
없는 죽음

그 무덤에는
누가 지나간 흔적 없다
바람 지나간 자국도 없다
아무것도 없다

슬픔도 통곡도
없다 시들다 팔려온 꽃 한 줄기
남몰래 갖다 놓은
막걸리 한 잔 없다

그런데, 그 무덤에는
작은 불이 일렁인다
사람이 누워 있는지
주검이 누워 있는지

밤낮없이 그 이마에 내리는
별빛이나 어둠
찢어진 노래의 깃발
시퍼렇게 터진 실핏줄

그리고, 그리고
이 뜨거운 오월에
함부로 새길 수 없는 피의 이름들
서늘하게 서늘하게 남아버린 가슴 위에

옛집을 지나며

그때 우리가 팔아버린 한 마지기의 논은
겨울이 오면 귀퉁이 웅덩이엔 얼음이 쩡쩡해서
우리는 얼음을 지치며 숨구멍으로 숨쉬기도 하며 놀았다
논배미 끝 한길 가에 조갑지처럼 붙어있던 우리 집은
봄이면 들판 쪽으로 살구꽃이 오지게 달아올랐고
가야산 끝에서 흘러내리던 도랑물 외나무다리 지나
논둑밭둑 따라가며 꺾어 불던 버들개지 눈 뜨며 살아 있을 때
나는 동그랑테를 돌리며 물가에서 한여름을 보냈다
장마철이 되면 도무지 밤잠을 이루지 못하시는 아버지 따라
한밤중에 삽, 괭이 둘러메고 뒤안 방둑물을 무섭도록 지켜보곤 했는데
어떨 때는 정말 물이 방죽을 넘어 마루까지 올라오

는 바람에

등불 들고 피난 가는 법석을 떨기도 하며 정든 집,

우리가 팔아버린 그 집 둘레에는 해마다 코스모스가 날 좀 보소!

쏟아지며 피어나고, 식목일 기념으로 형과 내가 캐다 심은 버드나무가 키를 덮어

초가지붕을 넘보게 될 무렵, 우린 영문도 모르고 윗동네

바보 언청이 용태네 집 행랑에 이사 가 살면서

10리가 넘는 가야산 그늘에 잠긴 수륜초등학교 오갈 적마다

하루에 열두 번도 더 쳐다보며 울었다

형과 내가 심어놓고 경렛, 하던 그 나무만은 캐오고 싶었지만

온 세상에 그 집만이 우리 집이었고 희망이었으므로

코스모스와 집 지키며

놀도록 버려두고 얼마 후 셋방을 살기 위해 대구로 나왔다

그 후로 우린 도무지 그 집을 찾을 수 없었다

초가지붕 뜯어내고 새마을 기와 이으면서, 우리가 꽃 심으며 놀던

그 마당은 콘크리트로 덮여 숨통이 막혔고 냇가에서 주워 모은

차돌이 반짝이던 장독대도 빈틈없이 메워져, 학교 오갈 적마다

고개 내밀어 수줍어하던 맨드라미 채송화 나팔꽃 같은 것들도 이미

그 장독대에는 없었다 가을하늘은 예전대로 잠길 듯 푸르렀지만

그 살구나무 자리엔 난데없는 대숲이 깃발을 이루었고

길 가는 장꾼들이 퍼마시고 입맛 다시던 그 찬 우물도 메워져

서른이 넘어 돌아온 내게 남아 있는 것은 얼굴 감는 바람뿐

잃어버린 땅이여, 산천은 그대로인데 사람은 하나 둘 떠나

그리움 못 이겨 흔들릴 때마다 내 빈손으로 찾아오면

그래도 피를 뽑아 울어주던 뻐꾹새마저 이젠 울지 않는 곳,

지천으로 달려오던 코스모스도 벌레소리처럼 일시에 사라지고

개고리 울음 사이로 돌아오던 논두길에 낯선 아이들 몇몇

알 수 없는 유행가를 던지며 모롱이를 돌아오고 있었지만

그들도 이미 기울어가는 폐허의 땅에 살, 농민의 아들은 아니었다
아무도 더는 살지 않는 그 집은 이제 빈집이 되어 버렸지만
송진 내러 가신 아버질 기다리며 바람 지날 적마다 덜컹, 방문을 여시던
어머니가 떨어져나간 문짝 닫으며 나오실 것 같아 나는 잠시 어지럽지만
그때 울며 떠난 아이가 훗날 불행한 이 땅의 시인이 되어
돌아와 노래할 줄 뉘 알았으리

내 다시는 다시는 그리운 옛집
돌아가지 못하리라고

코스모스

그래, 나도 단 한 번은
네 곁으로 갈 수 있을까?

주먹눈 빤히 올려 뜨고
빠알갛게 까르르 웃어대던 놈

언제나 넌 흔들리고만 있었고
아무리 다가서도 닿을 수 없었던,

정말이지 난 너를
마구 지워버리고 싶었다!

언제나 그 앞에선
무장해제 당하고

돌아서면 내 깊은 상처 속에
아프게 살아 깨어나던

꽃, 그 시절 내 어린 애인의
고운 넋이여

오늘은 저 깊은 가을하늘 말간 능선으로
둥둥 떠가는 무수한 그리움……

화분

언제나 국화는 국화로 남는 것일까
국화가 가득 담긴,
이제는 시들어 시든 대궁이 되어
다 떨어지고 몇 안 남은 꽃
세상살이 50년 셋방살이 30년에
쭈글쭈글하면서도 심성처럼 곱게 늙으신
어머니의 얼굴 같은
초겨울 바람에 흔들리며 사위어 가는
국화가 담긴
화분 하나

말이 화분이지
참말은 아니고, 못 쓰는 고무대야에 밑구멍 뚫어 만든
어머니의 생애 같이 뚫려 빛나는
몇 다발의 눈물이 꼭꼭 채워진

국화꽃 화분
이 방에서 저 방으로
남의 집 처마 밑으로
허술한 살림살이 온갖 손때가 잔뜩 묻은 화분

내 살림날 때
내 몫으로 떼어주신 단 하나의 화분
봄이 오면 새봄이 오면
그 질긴 힘으로 우쭐우쭐 돋아나
어머니의 모진 한평생 세월이
비수같이 서늘하게
내 가슴 파고 들어와 쿡쿡 찔러오를
국화꽃 화분
하나

— 발문 —

저 산, 뿌리에 생피 돌아 눈부신

이하석(시인)

1

배창환의 시를 읽는다. 첫시집 『잠든 그대』(1984년)에서 최근 시집 『겨울 가야산』(2006년)에 이르기까지의 시들을 발표 순서대로 읽는다. 그러니까 배창환이 지금까지 써온 시들 가운데 자신이 선정한 40여 편의 주요 시들을 한꺼번에 읽는 기회를 가진다. 그게 어디 쉬운 일인가? 한 시인이 밟아온 삶의 역정을 돌아보는 일이며, 한 시인이 누벼 왔던 시의 바느질의 그 한 땀 한 땀의 정성을 짚어 보는 일이 아닌가? 시를 쓰는 동료로서 그의 시의 전모를 이렇게 일목요연하게 짚어 보는 것은 참 벅찬 일이다. 그런 감동을 맛본다.

그와 만난 지 꽤 됐다. 그는 80년에 경북대를 졸업했다. 나의 고등학교 후배가 되며 과는 다르지만(나는 사회학과였고, 그는 사대 국어교육과였다) 같은 대학에서 젊은 시절을 보낸 셈이다. 그러나 우리가 처음 만난 것은 그가 등단을 한 이후였다. 그는 대학 졸업 후 바로 영천에서 교단에 섰으며, 81년 『세계의 문학』에 시를 발표하면서 문단에 얼굴을 내밀었다. 그 이듬해 대구의 한 여고 교사로 부임, 대구 지역 문인들과 어울리면서 자연스럽게 만나게 됐다.

동그스럼하면서도 균형이 잘 잡힌 동안의 면모를 가진, 소탈하고, 선한 웃음이 일품인 그는 무슨 일에든 열정적이었다는 느낌을 주었다. 특히 교육에 대한 열정과 자신이 가르치는 아이들 사랑과 헌신이 돋보이는 그의 교직 생활을 두고, 그의 제자들은 참 행복하겠다는 생각이 들었을 정도였다. 그러나 이런 헌신과 참 교육에의 열정이 그 자신에게는 기쁨보다는 상처를 많이 받게 되는 게 현실이어서 안타까웠다. 지역의 진보 문학 활동에 따른 여러 장애와 따가운 시선을 받음은 물론, 전교조 활동과 관련해서 해직되는 등 고통을 겪었다. 그러나 이런 장애와 고통에도 불구하고 그는 굴하지 않고 자신의 할 일인 글 쓰는 일과 교육 활동을 왕성하게 해 나갔다. 그런 믿음직스러운 모습으로 그는 내게 처음 다가왔다. 그는 84년에 김용락, 도종환, 김창규, 김희식, 김윤현, 김종인, 정대호, 김형근, 정만진 등과 '분단시대' 동인 결성에 참여, 대구 지역에서 흔치 않은 진보 문학의 기치를 내걸었다. 첫 동인지는 『이 땅의 하나됨을 위하여』라는 제목으로 나왔는데, 출간 직후 공안당국에 의해 판매 금지 처분이 내려졌다.

이후 첫 시집을 출간하고, 동인지의 발간을 계속하면서, 대구 지역 우리문화연구회 창립에 참여했고, 아울러 대구 YMCA중등교직자협의회에 가입, '교육 민주화 운동'과 '참교육 운동'에 참여했다. 특히 교육 활동은 왕성해서, 87년 가을에 대구-경북교사협의회를 창립, 초대 사무국장을 맡기도 했다. 대구작가회의의 전신인 대구-경북민족문학회가 창립되어 김용락과 함께 그가 궂은일을 도맡다시피 했을 때 내가 이들의 권유로 공동대표직을 떠안은 것도 이 무렵이다.

그의 이러한 활동은 89년 전교조 결성으로 해직된 이후에도 식지 않았다. 전교조 대구지부장을 맡는 등 전교조 활동에 헌신했고, 교육문예창작회, 전국국어교사모임, 대구국어교사모임 등의 창립에 참여했다. 이런 활동은 95년 고향인 성주로 전 가족이 귀향해서도 대구를 오가면서 꾸준히 이루어졌다. 98년 10년 만에 교단에 복직한 이후 그는 대구와 성주, 김천과 경주 등지로 임지를 옮겨 가면서 교직에 몰두해 왔다.

그는 이 시기에 대해 "시와 삶이 행복한 만남을 이룬 시기"로 회상하는 걸 자신의 시를 밝힌 글에서 보았다. 그는 '좋은 교사'인 '좋은 시인'을 원했다. 그는 말했다. "좋은 교사가 되기 위해서는 억압의 질곡에서 질식해 온 교육을 바로 잡는 교육 운동에 나설 수밖에 없었고, 자신이 처한 현실에 뿌리내려서 삶을 적극 형상화하고 노래하는 '좋은 시인'이 되기 위해서도 역시 사회민주화운동의 한 부문인 교육민주화운동에 적극 동참해야 하는, 그러니까 시와 삶이 모순을 일으키지 않고, 삶의 체험과 실천이 '좋은 시'를 쓰는 데 상승 작용을 한다는 것을 의심하지 않았다."(「나의 시, 혹은 몇 편의 밑그림」)

「다시, 사랑하는 제자에게」 등의 시들은 그러한 그의 생각이 잘 드러난 작품이다.

'교육시는 교육 현장의 한복판에 서 있거나 관심이 큰 사람들을 독자로 한정하는 한계를 갖고 있'지만(「나의 시, 혹은 몇 편의 밑그림」), 그는 늘 그러한 한계를 넘어서는 진실의 소리를 내야 한다고 여겼고, 이를 긍정하는 스스로의 '내부'를 부단히 단속하는 일에 힘쓰는 것이야 말로 '좋은 시'의 한 덕목이라고 여기기도 했다. 말하자면 "나의 삶을 사랑하고, 그 가운데서 나의 삶과 시의 상관관계를 객관화시켜 보려는(「내 시에 대한 나의 생각」)" 처음의 생각을 수시로 다짐하면서 이를 밀고나가 확장시키려는 의지를 언제나 갖고 있는 것이다.

2

배창환의 시는 '교육시'라는, 자신이 처한 교육 현실을 제대로 짚어 이를 새로운 삶의 전망과 연결 짓는 걸 근간으로 내세우면서, 우리 삶의 현실을 보다 열린 시선으로 감싸 안는, 이른바 사회적 상상력을 주축으로 한 '정'과 '연민'의 재

확인과 이러한 정서를 우리 시대의 삶의 나눔으로 연대한 따뜻한 서정으로 감싸 안는, 흔치 않은, 그러면서 아주 친근하고 친숙한 세계를 개성적으로 보여 준다고 할 수 있다. 그는 "내가 살아가는 깊이만큼, 내가 그것을 시적인 긴장을 획득한 언어로 형상화한 만큼까지가 나의 시일 것이라는 소박한 믿음이, 언제까지나 나를 밀고 가는 채찍과 힘이 될 것"이라고 말한 바 있다. 또한 "내 시는 아직도 길 위에 있다"고 말하기도 했다. 이러한 생각들은 "시대와 시인의 내면이 불화할 때, 시대가 요구하는 길을 가지 못할 때, 시인의 내면은 '가야할 길'과 '가는 길' 사이에서 언제나 분열을 겪을 수밖에 없는 운명인 것" 을 전제한 것이라고 할 수 있다.

이러한 생각들은 초기 시부터 지금까지 지속적으로 이어지고 있다.

> 복직이 되기 전에 떠나버려서
> 영영 해직교사로만 살아야 하는 정영상 선생을 생각하면
> 언제나 떠오르는 것은 그가 자주 그린 자화상이다
> 말없이 긴 얼굴

그 뒤를 흐르는 무겁고 어두운 색채의 질감

빛이 한 줄기 흐르는 것도 단호하게 차단해버린 그의 배경 뒤로

위통胃痛을 지병으로 갖고 견디면서

술 마실 땐 언제나 새벽까지 마시다 마누라한테 간다고 훌쩍 떠나 버리던 그의

뒷모습이 새겨져 있다

그 해 변산반도 교문창 전국모임에서도 그랬다

새벽바다에 희미하게 떠있는 별빛을 도와

그날도 떠나는 그를 본 사람은 아무도 없었다

그는 남보다 먼저 일어나고

먼저 떠나는 사람이었다

왜일까, 뒷모습을 보이기 싫어서였을까

-「내 시」 전문

교육문예창작회(교문창)에서 보았던 정영상 선생의 모습을 떠올리면서, 그의 부재를 아쉬워하는 마음과 더불어

시를 쓰는 자신의 입장과 처지를 반성한다. '남보다 먼저 일어나고/ 먼저 떠나는' 사람이 가진 결벽증 같은 자세를 부재하는 지금에사 더욱 그리워하는 것이다. 그러면서 시를 쓰는 것이 왜 뒷모습을 보여 주는 일이 되는 것일까 하고 자신의 시 쓰기를 돌아보는 시인의 모습이 애잔하다.

시가 현실의 정면에 당당히 대응하는 걸 미덕으로 여기면서도 그는 어렵게 현실을 살아가는 삶을 묘사하는 데 있어서는 정면보다는 뒷모습이거나 이면의 모습에 더욱 관심을 쏟는다. 빛을 받는 면보다는 그늘 속에 가려진 모습이 한 인간의 진실을 더 잘 드러내며, 뒷면의 묘사는 사물 또는 인간의 모습을 보다 입체적으로 부각하는 데 효과적이기 때문이다. 어쩌면 정면의 잘 드러나는 모습은 전체 모습의 한 면에 지나지 않으며, 이면과 내면의 삶이 떠올린 표정에 지나지 않는다고 보는 것일까? 어쨌든 이처럼 현실에의 주저 없는 대응과 함께 현실 이면의 잘 드러나지 않는 세계에 대한 관심을 동시에 갖는 것이야말로 배창환의 사람 사랑법의, 일견 모순되는 듯하면서도 진정한 통합을 꿈꾸는 한 모습이라고 할 수 있다. 이러한 시적 관심은 배창환이 지금까지 가져

온 현실인식의 중요한 시각이며, 관점이다. 최근작에 속하는 다음과 같은, 자연의 세계를 조망하고 의식하는 시에서도 그 점이 잘 드러난다.

눈 덮힌 가야산에 새벽 햇살 점점이 붉다
직선에 가까운, 굵은 먹을 주욱 그어
하늘 경계를 또렷이 판각板刻하는 지금이
내가 본 그의 얼굴 중 가장 장엄한 모습이다

그 앞에선 언제나 엎드리고 싶어지는
저 산의 뿌리는 쩡쩡한 얼음 속처럼 깊고 고요해도
곡괭이로 깡깡 쳐보면 따뜻한 생피가 금세 튀어올라
내 얼굴 환히 적셔줄 듯 눈부신데

사람에게도 그런 순간이 찾아오기라도 한다면
언제쯤일까, 저 산과 내가 가장 닮아 있을 때는

-「겨울 가야산」 전문

'눈 덮힌 가야산'의 새벽 풍경이 강렬한 감각적·시각적 대비와 통합을 통해 인상적으로 떠오른다. 눈의 차가운 흰색과 햇살의 따뜻한 붉은 색이 1행의 한 줄 속에 통합되어 있다. 통합을 이루는 이유가 2연에 나타난다. 산의 모습은 그 자체로서 장엄하지만, 그것을 장엄케 하는 이유는 산의 내면에 있다. 곧 '산의 뿌리'가 머금은 '생피'의 눈부심 때문이라는 것이다. 쩡쩡한 얼음의 차가움과 뿌리의 따뜻함은 하나로 이어져 있으며, 아울러 결빙 세계의 흰색과 생피의 붉은 색이 역시 하나로 이어져 비로소 장엄한 산의 모습을 이룬다.

그가 늦게 고향인 성주로 가솔을 이끌고 이주한 것은 가야산처럼 그의 삶의 뿌리가 머금고 있는 생피를 북돋우기 위함이리라. 그는 자신의 비명에

평생 막걸리를 좋아하고
촌놈을 자랑으로 살아온 사람
아이들을 스승으로 섬겼으며
흙을 시의 벗으로 삼았네

—「시인의 비명碑銘」 부분

라고, 새겨지기를 꿈꾼다. 대도시의 삶이 그에게는 뿌리 뽑힌 삶으로 여겨졌을까? 누구보다도 우리의 본원적인 삶의 모습을 잘 가누어 가는 삶을 꿈꾸어 왔기에 그는 주저없이 자신을 '촌놈'이라 부르는, 주체적인 자의식을 잃지 않으려 한다. 그런 만큼 당연히 우리의 전통 농주인 막걸리를 좋아하고, 그러면서 평생 아이들을 섬기는 선생노릇을 귀하게 여기고, 흙을 '시의 벗'으로 여긴다. 고향에 돌아와 이를 다짐하는 것이야말로 그의 고향산인 가야산처럼 뿌리의 생피를 이어 가는 일이며, 이를 통해 삶의 눈부심을 드러내려는 것이기 때문이리라. 그는 이후로도 그렇게 살아가고 시를 살아 내리라.